Nico Vara

# Begreifst du
# diese Welt?

## Pop-Texte und Aphorismen

Bilder &  Grafiken
Buchstaben & aneinandergereihte Worte
(triviale) Gedichte & Texte

Halle (Saale)
☺ 2002

Für (fast) alle –

Denn wir haben nur diese eine,
von uns gemachte Welt.
Lediglich begrenzt durch unseren Verstand -
und unsere Zeit zu leben.

ISBN 3 – 8311 – 3457 – X

Fotos: Oliver Becker, Katja Dohnke, Maurizio Gambarini,
Christian Lohse, Dirk Sukow, Sabine Schönberger,
Mario Wingert u.a.

Herstellung: Books on Demand GmbH, Norderstedt

www.absolva.de

# I

„Es ist immer etwas Wahnsinn in der Liebe.
Es ist aber immer auch etwas Vernunft im Wahnsinn."

Friedrich Nietzsche

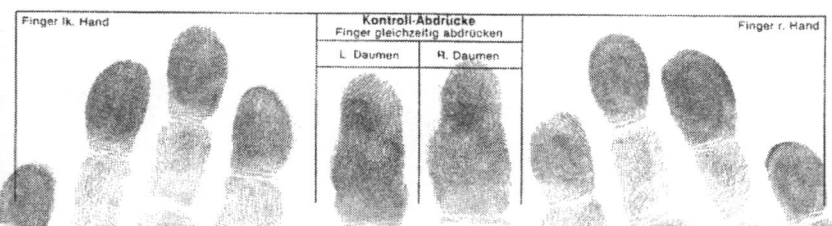

## Imaginäre Romanze

Ich will eine Leiter
an ihr Fenster stellen:
Und sollte jemand wettern,
ich steige weiter.
Möchte einfach zu ihr –
(und in sie) reinklettern.

Durch die Tür
kommt jeder.
Doch das Warum und Wofür
- leicht wie eine Feder -
gab es (leider)
schon.

Sollte man nicht so vieles wissen,
sondern es einfach tun?

Tränen in ihrem Kissen...

Sollte man nicht so vieles wissen,
sondern es einfach tun ?
Sollte man nicht so vieles wissen,
sondern es einfach tun ?

# Träume

Wenn wir träumen in der Nacht,
dann sind wir der Hauptakteur,
egal ob Verlierer oder Helden.
Und wir konstruieren sacht,
in einem Interieur
ohne Zeit und Raum
eine Geschichte,
nur von uns selbst erdacht.

Wenn wir träumen in der Nacht,
quälen uns auch die Gedanken
des Erlebten
und wir fangen an zu wanken,
ob alles richtig war.
Nur wenn wir erbeben,
wachen wir schreiend auf.

← soll lieb heißen

Fotos: Katja Dohnke

# Verliebt sein (?)

Irgendwann erwischt es jede(n),
Einige auch öfter.
Keine Klarheit -
verstohlene und musternde Blicke.
## Unsicherheit.
Dann – endlich – ein Lächeln.
Blödsinn reden, bläffen.
Buchstäblich ein Ohr abkauen –
Bla, Bla, Bla.
Interesse wecken.

Tiefer Blick in die Augen,
Emotionen klauen,
- plötzliches Fixieren des Mundes -
& all die undefinierbaren Momente davor:
Wie – in aller Welt –
kommt es (wann?) zum ersten Kuss???

Es passiert -
immer anders.
Ein tiefer Lungenzug des körpereignen Joints,
schnelle Atmung -
Duft statt Luft...

Erneutes Treffen.
Abermals Erster Sex (wieder nicht erschrecken).
Trotzdem ein Wanken:

Man kann sich DAS alles auch einreden -

so heimtückisch sind Gedanken.

## Der geheimnisvolle Kuss

Wer träumt nicht davon,
von diesem einen Kuss,
und der ewig
in Erinnerung bleiben muss?

Aber es gibt immer wieder
ein erstes Mal:
Nimm zwei saubere Blütenblätter
einer Rose deiner Wahl
und lege sie direkt auf deine Zunge.
Kribbelnd wird diese
leicht betäubt -
wie bald dein ganzer Mund.
Und nach wenigen Minuten kannst du wagen,
sie zu zerkauen.
Keine Angst, Dein Magen
wird nicht wund.

Dann küsse. Mit all Deiner Leidenschaft,
- als ob es das letzte Mal sei!
Und es ist nicht vermessen:
**DIESEN Kuss** wird sie (oder er) **niemals vergessen...**

# Frühlingsmorgen

Duftende Bäume,
blauer Himmel,
& die Sonne blinzelt...

Und ein frecher Spatz
klaut mir einfach die Krümel
vom Frühstück.

Genau wie du.

## Ewige Hoffnung

Es ist nie zu spät.
Dafür.
Aber welche Stunde mir jetzt wirklich schlägt,
will ich noch nicht wissen.
Nicht, solange Du -
in meinen Armen liegst.
### Nur in diesem kurzem Augenblick
### liegt auch die Unendlichkeit.
Eine Zeit,
die man nicht messen,
wohl nur fühlen kann.
Vielleicht trage ich DESHALB nie eine Uhr.

Selbst wenn diese schönste
und längste aller Stunden,
sich auflöst
und die augenblickliche Unendlichkeit wieder endlich ist,
selbst dann ist es doch
nicht zu spät.
DAFÜR.
Denn es gibt Dich und mich - noch.
Und auch einen neuen Tag.
Manchmal sogar mit einer neuen Zeit.

# Vollmond

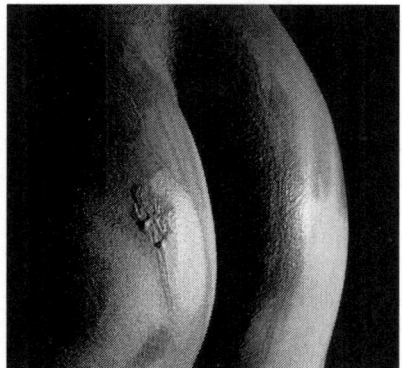

Foto: Sabine Schönberger

Der Flügelschlag eines Schmetterlings
im Abendrot.
Eine furchtlose Amsel,
die Gräser klaut -
und ihr Nest im Blumenkasten
gleich einen Meter
neben unserem baut.
Kein Chaos droht.

## Alle lieben sich?

Unruhiges Aufwachen bei Vollmond:
Ich seh´ zwei davon -
doch nur einer leuchtet:
Da - wo sie wohnt.

# Mein Baby (meins?)

Aufwachen &
Frühstück im Bett –
Bestehend aus Lachen.
**Das ist mein Baby. Genau so.**
Du machst mich froh!

Einkaufen,
damit wir was zu essen haben.
Ohne Geld?
Kurzerhand plünderst du
den Kühlschrank
deiner Eltern -
verrückte Welt.

Alles Sachen
zum Schlemmern und Laben,
& noch bevor du
alles auspacken kannst,
das tägliche Programm:
Erst mal sich lieben
und wieder lachen.
Leistungen in Watt!
**Guten Tag, mein Baby,**
du machst mich nimmer satt!

Lachkrämpfe vor, im
und nach dem Kino. Keine Wahl.
Welcher Film lief denn wo?
Völlig egal.
**Guten Abend, mein Baby,**
ich liebe dich so!

Und wenn ich mal traurig bin, irgendwie -
sagst du nur:
„Mach mir doch den Trabbi!"
Du schürzt deine Lippen
und blubberst ein Motorengeräusch hin.
Lachsalven pur.
**Lachen nur...**
Nicht alles braucht einen Sinn!

**Gute Nacht, mein Baby.**
Schlaf schön und träume.
Das sind keine Schäume!

Aufwachen &
Frühstück im Bett –
bestehend aus Lachen.
**Guten Morgen mein Baby.**
Das geht schon seit Monaten so:
Aufregend und lustig - unsere Liebe!

Geb´s Gott,
irgendwann –
falls er auch lachen kann -
dass es ewig so bliebe!

*(Schallendes Gelächter.)*

# Marihuana  (Traum)  - Impressionen


Entweder ich bin verrückt -
oder die Welt.
**Wahrscheinlich: Letzteres.**
Ja doch,  - ich bin auch verrückt.
Verrückt.
v-e-r-r-ü-c-k-t –
nach Liebe.
l-(i)-e-b-e!

(nicht) alles persönlich nehmen von Anfang bis dahin...
und doch sehen -
durch den Qualm des Joints gleich dem Morgennebel -

nur noch selten große Kinder im Sandkasten spielen
lachend oder weinend
und sich raufend auf das Leben vorbereiten
DAS sie längst leben !

immer und immer wieder der Blick
in deine gläsernen Augen -
leer und versteinert
und  diese vollen Lippen ...
feucht und aufregend
aber -
dein Mund schweigt

mit dieser benebelten Sicht suche ich Dich und mich
du bist da - da bist du
was soll ich fühlen  und wie -
ja, wie kann ich es zeigen

will einfach weinen an diesem verregneten Morgen
nur für mich
es niemanden verraten
und es regnet immer noch - weil ein Mann weint nicht
warum nicht?
Nicht!

müde und ausgelaugt
gehe ich
höre dein Lachen
rieche Beton
vermisse deine Nähe
schaue in die Ferne
und   -   komme wieder:
Will endlich Leben leben!

doch überflüssiges Geschwätz raunt
summend durch die alles wissenden Gassen
von Halle...
Endlich -
endlich hat deine hungrige Paranoia ihre Nahrung
Gott sei Dank ist noch Klopapier da
aber nur weil ich kacke
**bin ich nicht,**
ODER (?) -
eine verdauende Macht, die Energie gewinnt.
und die Amseln singen irgendetwas
ich verstehe es nicht.

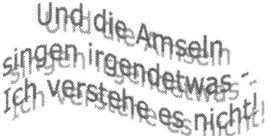

Foto: Dirk Sukow

# II

„Wer nichts weiß, liebt nichts.
Wer nichts tun kann, versteht nichts.
Wer nichts versteht, ist nichts wert.
Aber wer versteht,
der liebt, bemerkt und sieht auch...
Je mehr Erkenntnis einem Ding innewohnt,
desto grösser ist die Liebe...

Wer meint, alle Früchte
würden gleichzeitig mit den Erdbeeren reif,
versteht nichts von den Trauben."

Paracelsus

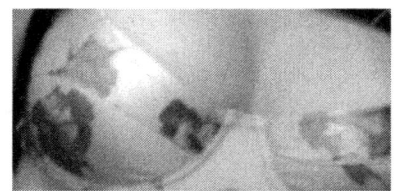

## Planet „80 C"

Plötzlich entdeckt:
Trotz unklarer Sicht.
Geheimnisvoll
und voller Sonnenschein -
blendendes Licht?

Stilles Wasser und
stürmischer Ozean
aus jungem Wein.
Säuselnder Wind,
brodelnde Gischt.
Kann so Atmosphäre sein?

Heißer Vulkan,
liebliche Natur,
lächelnder Wahn,
und seelische Kur.

Göttlicher Grand Canyon
mit einer Schlucht.
Mal
üppige Berge (80 C)
und ein trigometrisches Zeichen
in dem spärlich blühenden
Tal,
nach Liebe duftend – pur.

Trunkenes Glück,
(Wahn-) Sinn und Sucht,
und kein zurück -
Bleiben oder Flucht?

# Spiegelbild

Niemand sieht genauer,
als man sich selbst im Spiegel sieht.
Und **keiner sieht es** hässlicher.
Man ist auf der Lauer –
und findet vieles grässlicher:

Weil man das **SO** sehen will?

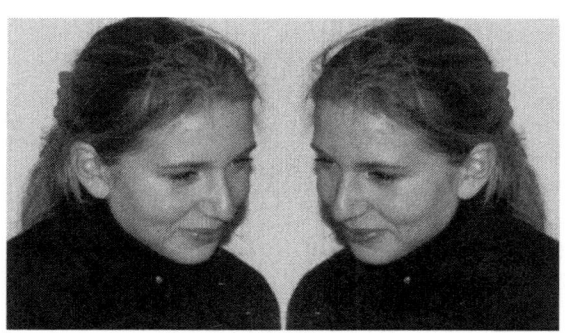

# Blonde Venus

Leuchtend und klar:
Und wie ein Strudel
ziehen sie Dich abenteuerlich
in die Tiefe -
ihre Augen.
*Verführerisch.*

Fast unwahr -
der betörende Klang:
resolut oder ungewohnt lieblich,
- als ob mich die griechische „Sirene" riefe -
der Sound ihrer Stimme:
*Gehauchte Liebe.*

Kindlich naiv -
oder weise wissend:
Bei allen Sachen
& sofort ansteckend –
ihr fröhliches Lachen:
*Lachende Liebe.*

Wehend im Wind -
ihre blonden lange Haare.
Von weitem sichtbar.
Und an einem besonderen Ort
ein gleichnamiger Hügel.
Noch immer kein vergleichbares Wort –
für ihren Geschmack:
*Duftende Liebe.*

Manchmal ein Venus-Dialekt
den sowieso kein Mann versteht.
Nicht so direkt.
Verständnis – vom Winde verweht.
*Unverstandene Liebe.*

# Seele

Jede Seele
hat auch Abgründe -
von deren Existenz
die eigene Ratio
nur dunkel etwas ahnt.

Zeichnung: Mario Wingert

## Junge Frau

Es drängt sie (viel zu oft)
Klamotten zu kaufen,
Mit großer Lust.

„Bummeln" nennt sie das -
zum Abbau von Frust.

Ihre Fingernägel – abgekaut,
damit sie ihre Probleme behebt...
Schnell künstlich überklebt -
scheint alles von Psychologie durchwebt?

# Das Auge der Seele (Osiris)

Dieses dritte Auge meldete
an das Gehirn
beobachtend & analysierend:
Eine Person,
die aussieht wie Sie.
Und auch noch
genauso spricht.
Aber - ganz anders handelt.
???
Alarm -
ersticktes Lachen und Weinen.

Kein Eingreifen möglich,
nur ein Tippen an die Stirn?
Verachtend? Zweifelnd!
Es ist Sie
und doch -
nicht Sie selbst!

??? Alarm -
Ohnmacht und Erwachen.

Blinzelnde Erkenntnis dieser Iris:
Tief verborgene Wünsche -
an einem unbekannten Ort?
??? Alarm!!!
Jetzt reicht es der Ratio -
Dem Auge der Osiris
wird erneut befohlen:
Zurück ins künstliche Koma.
Sofort!

# Verliebt sein (II)

Es ist nicht (nur) dieses rocken,
reinstecken, stöpseln oder poppen...
Wirklich verlieben heißt:
Sich an die Seele anzudocken -
mit allen verfügbaren Noppen!

Lust und Gedanken frohlocken
und erschaffen bei dieser Sicht
- in diesem geheimnisvollem Dom -
einzigartige Abbildungen,
mit Blitzlichtgewitter...
und Kerzenlicht.

Wo auch immer die Seele sein mag -
**sich darauf einlassen**. Total.
**Um eingelassen zu werden:**
Man hat keine Wahl -
erst jetzt steht man unter Strom.

# Das Feuer  I

Die Liebe ist wie Feuer.
Dem Schein nach.
Man kann daran verbrennen -
oder auch erfrieren.
Mit etwas Geschick
kann man sich wärmen.

Feuer gehen aus,
wenn sie nicht genährt werden.
Aber -
sofern es kein Strohfeuer war -
gibt es noch die Glut der Asche...

Manchmal entsteht daraus ein neues Feuer –
falls man in die Gluten bläst:
Rechtzeitig & vor dem Erkalten.
Und dabei nicht vergisst, neu nachzulegen:
Auch Feuer brauchen Nahrung.

Dann können wieder Flammen lodern
die selbst im Regen das Wasser killen:
(zischender Dampf, vernebelte Sicht)
Mühe allein genügt nicht -
**Nur Zweifel bricht Willen.**

## Segeln

Keine Hoffnungen mehr.
Plötzliche Flaute - seit Wochen,
im Stillen Ozean der Gefühle.
Wie setzt man sich zur Wehr?

Den Atlantik leider verlassen,
treibt unsere Nussschale
- eine gedankliche Zwickmühle,
noch immer hilflos im Meer.

Segeln ja, aber ohne Wind?
Monatelanges Rudern
- nicht mal im Takt –
ermüdet zu sehr.

Und lautlos gleiten Rochen
majestätisch in die Tiefen -
Das sind nicht die Geister,
die wir riefen!

Verzweifelt pusten wir in die Segel -
viel zu schwach.
Und keiner da, der helfen kann:
Die ungeschriebene Regel.

Ab und zu mal ein Fisch,
Dann und wann - aber stumm.
Und ein paar Möwen kreischen –
Laut und dumm!
Und künden dennoch vom rettenden Ufer.
Oder sind das schon die Geier?

Unbesetzter Ausguck -
Fehlender Überblick.
Und kein Rufer,
der schreit:
„Land in Sicht!"

Nur Dunkelheit soweit
& noch immer kein Landen...
Wo ist es, das Licht?
Oder müssen wir stranden?

# Tiefe (oder oberflächliche) Liebe?

Wenn dich jemand
**wirklich**
tief liebt,

wird er dich
oder -
die Oberfläche verlassen.

Möglichst für immer.

Zeichnung: Mario Wingert

# Rauchzeichen

aus dem Camel-Qualm werden plötzlich Hologramme
irgendwie verrückt,
die Phantasie spielt mit mir  -  ungefragt
irgendetwas stimmt da nicht
und selbst mein Computer flimmert
schon im Rausch der Spiele (Age of Empire - Conquerors),
ist kämpfend entzückt -
„im welchen Zeitalter befindest du dich?" ( LOL = 11)          ;- o
Und der Mond verreckt
unter dem blaugrauen Rauch der x-ten dampfenden
Zigarette - plötzlich auch noch tanzende Kamele
in denen sich „Männiken Piss" versteckt...
Mit dieser verräucherten Sicht
suche ich Dich –
nur dich
da bist du - nur eine Armlänge entfernt
nackt auf der Matratze schlafend
und dennoch unendlich weit weg!
Irgendwelche Ahnungen und Visionen
hab die Lösung von Konflikten verlernt
ich muss mit dir reden -  doch ich schäme mich          :-((
wie soll ich es sagen
und wann?
Doch dann -
kommt nur Rauch aus meinem Mund:
geheimnisvolle Zeichen    hilflos und ausdauernd -
ich finde dich nicht!
Wo und warum bin ich?
Wirre Gedanken und Hoffnungen lauern -
auf den Frühling - die gefährliche Zeit:
Wo sich die meisten trennen...
ich muss dir endlich meine Ängste sagen
und kann es nicht - und will es doch endlich wagen          :-))
mich nicht mehr verrennen und vieles verpennen...
　　　(zone message from Leto_Sam1: "Hey ´EAST´ r u sure? lol "
　　　error – I´m not logged in...  " 27" – wtf        SOS   ...- - ...

34

# Krankheit

Wie eine Lawine
rollt sie auf mich zu:
Kann schon ihren Donner hören,
und ihre gewaltige Wucht
erahnen.
deckt sie mich zu – im Nu?

Wo ist die Latrine,
ich habe Angst.
Angst zu lieben -
schlimmer als eine Sucht.
Weil ich so nicht lieben kann.

Sorgen aufgewühlt -
Zugeschüttetes Denken. Verrannt.
Meine Seele: unterkühlt.
Einbildungen (?) – so nie gekannt!

## Selbstkritik

Wieder mal mit dem Kopf durch die Wand.
Nur die verbeulte Stirn
fragt anklagend mein Hirn:
# Was willst du eigentlich nebenan?

# III

„Eigentlich halte ich mich selbst für ein
sensibles, intelligentes Wesen.
Aber mit der Seele eines Clowns –
die mich jedes Mal dazu zwingt,
im entscheidenden Augenblick
alles kaputtzumachen.
Ich bin ein falscher Held...

...Sagen wir einfach, ich hab die Grenzen der
Realität getestet.
Das war`s. Ich war neugierig.“

Jim Morrison

# (W)orte

Ich habe deine Nähe gesucht.
Und gefunden.
Ich habe deinen bebenden Körper gespürt
und bin eingedrungen
in deine offene -
Welt des Geistes.

Nur Worte tasten suchend
alle (unmöglichen) Möglichkeiten ab,
wie der Laserstrahl den Himmel.

Unerwartete Eruptionen
der Worte und des Spermas -
weit über das Ziel hinausschießend,
süß, salzig oder bitter ?
Die Seele verklebt.
Und die Flut
deiner Säfte löscht nicht
mein Begehren,
sondern entfacht
meine (augenblickliche) Glut.

Endliche Wort- Blockade:
Und die einsetzende Ebbe
vertrocknet grausam
ein Geheimnis.
Nur die Flut meiner Worte
könnte es gleichsam
helfend
für immer löschen.
Aber ich finde den Eingang nicht.

Später nur noch Worte,
zusammengesetzte Buchstaben.
Dahergesagt.

# Exzessiv und verletzend,
dunkel und geheimnisvoll -
blauschwarz wie die Nacht.

Worte wie Magma,
flüssig und heiß,
zuviel verbrennt -
erstarrt zu Stein.

# Emotio -
sei verdammt in die Hölle!
Feuer und Wasser gleichermaßen?
Dann nichts von beiden bleibt.

**Ratio** -
Finde mich!
Versteckt im Labyrinth der Worte
finde ich den Ausgang nicht mehr.
Ein gefangener Soldat
der Liebe und der (W)orte.

# Arrogant darauf wartend
dass der Tag die Nacht ablöst -
nur um eine neue zu erleben?

Foto: Katja Dohnke

# Uferlos

Unendliche Träume.
Unendliche Sterne.
Unendliche Sehnsucht,
**schäumende Lust**.


Endliche Liebe.
Unendliche Ferne.
Endliche Flucht,
**schäumender Frust**.


Unendliche Kühle.
Unendliche Sorgen.
Unendliches Warten auf Morgen,
**tobendes Meer der Gefühle**.

Nur Ufer können diese Wellen brechen.

## Die Achterbahn
Halle an der dreckigen Saale, im „Wonnemonat" Mai

Erinnerst du dich noch, wie wir mal auf dem Rummel
waren? Und Du unbedingt wolltest, dass ich mit dem
Riesen-Rad fahre? Du wolltest mich lachend sehen...
Doch ich mochte nicht. Damit mir nicht schwindlig wird.
Das war am Anfang unserer Beziehung. Und diese Woche
hast du mich nach meiner Diagnose gefragt....

Nun, das Riesen-Rad scheint gar nichts gegen die
Achterbahn zu sein, auf der ich gerade sitze. Hoch hinauf
und steil bergab. Immer und immer wieder. Mit einem
unvorstellbaren Tempo. Bin völlig durchgewühlt und mir ist
wahnsinnig schwindlig. Mein Zwerchfell drückt gegen die
Lunge, mir stockt der Atem – doch der Schrei erstickt.

Ich will gar nicht Achterbahn fahren. Aber: Kann man in
rasender Fahrt einfach so aussteigen? Ist das überhaupt
möglich – ohne zu springen?
Ein kleiner Trost bleibt: Jeden Moment muss das Ding doch
stoppen....

Die Runde ist vorbei. Endlich. Doch DIESE Bahn rauscht
durchs Ziel. Ungebremst. Das Ding fährt einfach weiter...
Mit einem atemberaubenden Tempo.

Ich sehe dein Lächeln. Du winkst mir zu. Voller Hoffnung
rufe ich dir zu: He, ich liebe dich doch...
Schon bis du aus meinem Gesichtsfeld entschwunden und
ich werde auf den nächsten Berg gezogen - bevor ich wieder
brutal ins Tal geschleudert werde. Konntest du mich
verstehen?
Das Spiel beginnt von vorn.
ICH WILL RAUS! Niemand hört es. Keiner ändert es.
Aber meine Angst wächst. Niemand stoppt diese Scheiß-
Achterbahn: Die Achterbahn der Gefühle...

Wie viele Runden denn noch? Ich weiß nicht mehr, wo oben und unten ist. Wieder sehe ich dein Lächeln.

Sämtliche Umrisse verschwinden in einem riesigen, verschmierten Farbbrei. Auch Formen spielen keine Rolle mehr. Dick oder dünn – wie unbedeutend auf einmal alles sein kann...
Alles verschwimmt. Mir wird schon wieder schlecht, doch ich kann nicht mal kotzen. Dann wäre es wenigstens raus. Wo, in aller Welt, ist die Notbremse?

Und alle sehen zu. Runde um Runde.
Offenbar weiß jeder Bescheid.
Wo ist der Schalter, der den Stromkreis unterbricht?
Liebe lässt sich nicht ein- oder ausschalten. Warum nicht?
Diagnose: Liebeskummer? So`n Quatsch!

Und du lächelst wahrscheinlich immer noch. Oh, wie ich dich beneide! Doch bitte, lach mich nicht aus. Diese bescheuerte Unsicherheit...

Und den Tränen folgt der Hass. Ich hasse mich dafür, obwohl man doch zu seinen Gefühlen stehen soll... Soll man wirklich??? Auch noch in aussichtslosen Situationen? Oder muss man einfach (?) loslassen (können) ?


Tschüss
Dein Bruchpilot

P.S. Wahrscheinlich fährt jeder irgendwann mal ungewollt mit dieser Achterbahn...

P.P.S. Warum müssen wir im Leben so oft Abschied nehmen? Und warum dürfen oder können Abschiede (manchmal) kein „Auf Wiedersehen" sein?

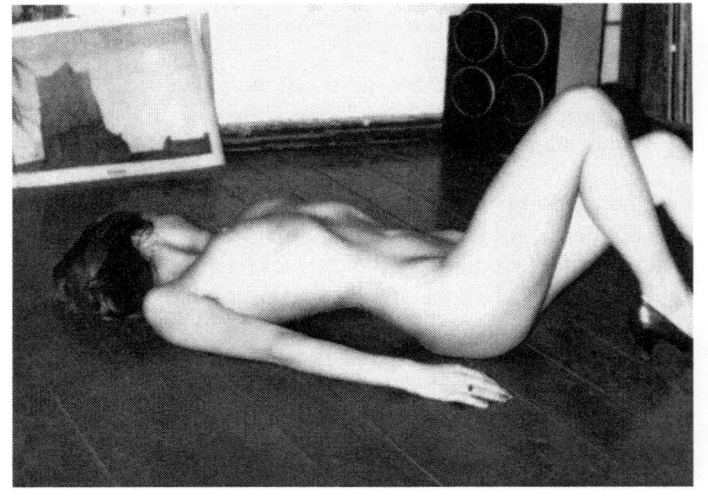

Foto: Christian Lohse

# Liebeskummer

Die Zeit, so sagt man,
wird alle Wunden heilen.
**Irgendwann.**

Wenn es kein
kleiner Kratzer war,
wird eine Narbe bleiben.
**Irgendwo.**

Doch
diese Narbe wird mich immer
DARAN erinnern.
**Irgendwie.**

# Depression

Obwohl so viele
Teile des Puzzles
sichtbar sind,
sehen viele nur
den Kummer...

Doch fast keiner
das komplette Bild!

Grafik: Konstanze Wittig

## Der Medizinmann

Hab ihn endlich mal getroffen,
diesen alten Schamanen.
Und ihm ohne zu spinnen,
aber leicht geknickt
von dieser Geschichte erzählt.
Nachdenklich hat er genickt.
Erst nach einer langen Pause,
sagt er betroffen:
„Diesen aussichtslosen Kampf kannst Du nur gewinnen,
wenn Du bereit bist!"

## Bereit?? Wofür?

Fragend schaue ich in sein Gesicht -
es ist plötzlich so verzerrt vom Kerzenlicht.
„Bereit - zum Sterben!".
Und dieser Gedanke schüttelt mich krampfartig -
bis in meine Wade.
Auf einmal höre ich mich **grinsend** sagen:
Ins Gras beißen?
Dafür ist mir der Joint dann doch zu Schade!

# M(R)elationen

**Unendliche** Ferne -
der Träume?

**(Un)endliche** Sterne -
des (Un) Glücks?

**Unendliche** Nacht -
der Sehnsüchte?

**Unendliches** Licht
der Hoffnungen?

Weine nicht,
gib auf Dich acht.
Denn **du bist endlich**!

## Wahrheit

DIE eine Wahrheit gibt es nicht,
auch nicht DIE Lüge.

Erst recht nicht in der Liebe.

Nur verschiedene Sicht-
weisen, mit Erfahrungen
durchfeuchtet.

Was dann noch bliebe?
Eine Erkenntnis,
die leuchtet:

Liebe.

# Sehnsucht

Zerpflücke die Blüten dieser Rosen.
Langsam...
Zerstreue sie in Deinem Bett.
## Liebevoll.
Lege dich allein und -
nackt hinein.

Schlaf ein...

...und im unendlichen Land der Träume
werden wir uns begegnen.
Ich bin schon da
und warte auf dich.
Ja, auf dich!

Nur im Land der Träume
ist alles möglich -
zeitlos und ohne Entfernungen.
Dort werden wir uns beide
lieben,
lieben -
und noch einmal lieben....

Wenn Du dann aufwachst
und wirklich Sehnsucht verspürst -
Ruf mich an -
R-u-f  m-i-c-h  a-n!

Foto: Sabine Schönberger

# Monsieur

Es kann wohl keinem Zweifel unterliegen,
dass Sie - Monsieur ,
der geborene Romantiker und Schwärmer sind.

So erscheint es mir geradezu reizend,
mich im unendlichen Strom Ihrer Gefühle treiben zu lassen.
Durch Ihre Art, Monsieur,
einer Frau den Schleier Ihrer Träume aufzuerlegen,
hat sie am Ende das Gefühl -
nicht mehr durchzublicken.

Wer
hätte vorhersagen können,
dass dieses anmutige Abenteuer
mir  - eines Tages -
so den Kopf verdrehen würde...

Zeichnung: Katja Dohnke

Doch es ist geradezu - impertinent,
dass nur
DIESES Gefühl
- Ihnen, Monsieur -
von höchster Wichtigkeit
zu sein scheint.

Wie Sie wohl wissen dürften,
fällt nicht nur meiner Wenigkeit auf,
dass bei Ihnen, Monsieur,
offenbar jedes weibliche Wesen
einen Anspruch zu haben scheint,
auf Ihrem Altar -
der unendlich dahinströmenden Liebe,
verehrt zu werden.

Dennoch
verfolge ich keineswegs die Absicht,
Sie - Monsieur -
zu kompromittieren.

Es wäre mir deshalb eine große Freude,
wenn Sie sich -
endlich entscheiden könnten.
Ob Sie, mein Verehrtester, ahnen
was ich Ihnen vorzuschlagen beginne?

Wie ich annehmen darf,
Monsieur,
könnten wir uns beide
im unendlichen Ozean der Gefühle
für immer verlieren.
Für **immer verlieren.**

( Nach einer Idee von Sabine Neidel )

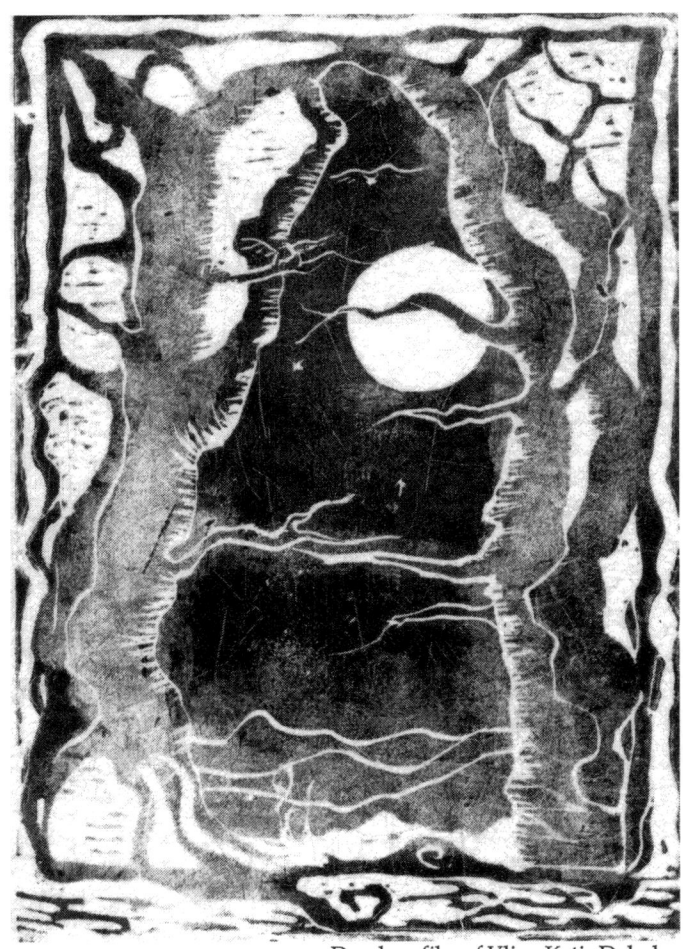

Druckgrafik auf Vlies: Katja Dohnke

# Ophelia[1]

Bevor Sie erneut geruhen,
in den Fluten der  unzähligen Bilder
Ihrer Träume zu ertrinken ,
erlaube ich mir, Sie,
- meine teuerste Ophelia -
zu erinnern. Daran.
Das dieser Fluss Sie nicht behalten wollte. Noch nicht.
Und Sie zum Ufer zurückkehren werden. Das Eine.

Um Luft zu schmecken. Wasser zu riechen.
Und den Frühling.
Den Besonderen. Der sich nie wiederholt.
„Sieh nur, sieh!",
sogar der Nebel über dem Fluss,
der das andere Ufer -
(im Schein des Vollmondes)
nur erahnen lässt,
löst sich auf -
Vorübergehend.

Doch sparen Sie sich das Feuer!!
Es ertrinkt in diesen Fluten... Egal.
Etwas Neues entsteht. Nicht egal.

---

[1] S. 134

# IV

„Ich warte nicht auf die Zukunft.
Die kommt früh genug."

Albert Einstein

Pedalgetriebner Selbstflieger; Foto und Modell: Mario Wingert
VW-Museum

Grafik: Konstanze Wittig

# Erinnerungslücke

Kann ich mich nicht
an diese Nacht erinnern.
So sehr ich mich auch anstrenge:

Es muss wohl eine rein
dunkle Angelegenheit -
für mich selbst gewesen sein.

Und die filterlosen Schornsteine
von Buna sollen fürchterlich
stinkend gequalmt haben,
als ich,
in deren nächster Nähe,
und wie jedes Baby sicherlich
- **noch** schwimmend in einer ganz anderen Welt -

den aller ersten Schock
auf unseren blauen Planeten
überwand:
Den der Gravitation -
durch meine Geburt.

Erst **DANACH**
soll ich geschrieen haben.

# Kindheit

Weinend nur,
später auch lachend -
Zwei Brüder, viele Freunde
& Abenteuer pur!
Ein dominanter Vater -
der mit uns nicht nur
Kirschen stiehlt -
und sich beim Indianerspielen
mit im Schmutz sielt.

Unsere Neigungen fördert, egal wie viele:
meinen ersten Rundfunkempfänger
baute ich mit zwölf in eine Diele.
Alarmanlagen und elektronische Schaltungen
schon zwei Jahre später.

Ständiger Bruderkampf -
fast wie bei Teutonen
(immer 2:1) und wöchentlich
wechselnde Koalitionen.

Meine Mutter?
Irgendwo. Diese Frau war (auch) da.
Verblasste Erinnerung...

Scheidung, als ich 15 war.
Nie wieder habe ich so etwas gebaut.

# Alpha

Mein Vater
zeugte und erzog drei oder vier (?)
Alphas. Viel zu früh
suchten wir alle ein eigenes Revier.

Er wundert sich noch heute,
dass jeder - wie ein Tier -
(und nicht wie andere Leute
bei familiären Diskussionen) -
fast nur die Zähne fletscht.

Und noch immer
wird verbissen
jeder andere Alpha
weggebissen.

Denn ein Alpha ist das,
was er zu sein hat:
Der Anführer eines Rudels
Oder ein Einzelgänger.

# Mathe-Unterricht?

„Jede Zahl (mit Ausnahme der Primzahl und der Null)
lässt sich unendlich mal teilen..."
Während meine Gedanken irgendwo verweilen,
werde ich plötzlich hellwach:
Das würde ja bedeuten,
dass in einer endlichen Zahl
Unendliches steckt....??
Und schon beginnt der Krach:

„Wie kann denn
im Endlichen - Unendliches stecken
und damit Unendliches im Endlichen?" -
höre ich mich dazwischenrufen.
Darf man solche Gedanken in Mathe wecken?

„Stopp!", sagt die Lehrerin
und blättert verzweifelt im Buch:
„Hmm. Das steht nicht hier!
Du willst doch nur ablenken..."

„Wenigstens weiß ich jetzt,
was `ne unteilbare Null ist!", sage ich ihr -
ohne mich dabei zu verrenken.
Die ganze Klasse lacht,
und wütend erteilt sie mir eine Vier.

Und seitdem -
interessiert mich Mathematik zuletzt.

# Das Tonbandprinzip

Unterschwellig
lernte ich von meinen Lehrern schnell:
Gute Zensuren sind keine Hürde,
wenn man die jeweilige Le(e)hr -Meinung
und sei sie noch so stumpfsinnig und grell,
möglichst adäquat abspulen würde.

Mit runzelnder Stirn,
zwischen Suchrücklauf- und Wiedergabetasten,
konnte mein Gehirn
bei DIESER Tätigkeit
eben nur noch ausrasten.

Doch so lernte ich denken.

Foto: Dirk Sukow

Foto: Maurizio Gambarini

## Da Da eR

Bla, Bla, Bla
sagte JEDER Vorsitzende wichtig.
Ja, Ja, Jaa
gähnten fast alle Zuhörer,
das sei natürlich richtig.
Beide logen.
Und ließen es jahrelang
da, in der
Da Da eR
zu.


Wen wundert es da noch,
als eines Tages doch
Helmut Kah
erschien
und fast alle Zuhörer
wieder in Chören schrieen:
Da, Da,
ER
soll unser Messias sein !

# Scheidung

Es ist schon die x-te Verhandlung bei Gericht.
Und Ihr Anwalt verliest -
bei 30 Grad Hitze –
noch immer schwer atmend,
die lange Aufteilungs-Liste
mit Löffeln, Möbeln, Grundstück und so.
Alles unfair?
Regungslos scheint Ihr Gesicht.
Und ich krame in der Kiste,
der längst verblassten Erinnerungen.
Doch das stimmt mich nicht froh.

Mein Anwalt weiß plötzlich gar nicht, was ich will.
Und so höre ich mich trotzig sagen:
„Die Klospülung und ...
und ... meinen gelb-blauen Regenmantel!"
Und im Gerichtssaal wird es total still.
Der Richter lässt fragen,
ob ich mich wohlfühle...
- 15 Minuten Verhandlungspause -
Doch es bleibt dabei, in dieser Kühle.

Schon am nächsten Tag steht sie,
nach über einem Jahr, an meiner Tür,
fassungslos -
und mit den gewünschten Sachen.

„Wieso nur", „Warum" und „Wofür"?
„Und was willst du damit machen?"

Zum ersten Mal kann ich wieder lachen:
Sechs Jahre waren wir ein Paar,
in unserer eigenen Welt
doch nicht wegen all der Wertsachen
und dem Geld.
Sie müsste mich doch kennen.

Nur langsam erinnert sie sich, wie es war.
Die Klospülung, kannst Du nicht verstehen?
Um die Scheidungs-Scheiße runterzuspülen.
Und den Regenmantel,
um nicht länger im Regen zu stehen.
Denn ich will endlich wieder fühlen!

Und zum Abschied sagt sie nachdenklich, leise und fair:
„Das hätte ich wissen müssen,
du bist so. So bist nur du!"
Doch es gab kein Reden und kein Küssen -
nie mehr.

# Endstation Zukunft?

Heute wagte ich wieder einen Blick
in den Abgrund
dieser Saale- Stadt.
Und der üble Geruch, dick
wie Nebelschwaden
nahm mir auch die alte Sicht:
Ich wusste längst,
dass für viele kein Licht
am Horizont mehr flackert:

Doch da sind noch viel mehr
Männer und Frauen samt
ihrer Sorgen,
abgerackert
- und mit wenig Hoffnungen auf ein Morgen –
in diesem Sozialamt.
Keiner will's richten.
Und manche der Gesichter
erzählen ungesagt
ihre Geschichten.

Aber da sind noch
die zahlreichen Anderen:
Rülpsend.
Saufend.
Furzend.
Krakeelend.
Und ich mittendrin,
unter all den Massen.
Lerne ich jetzt wieder hassen?

Foto: Oliver Becker

## Mein Sohn

Mit Deiner kindlichen Unbefangenheit
löst Du einfach
jedes Problem dieser Welt.
Natürlich willst Du den Saturn
bewohnbar gestalten
und fragst mich ungeniert,
wie man Wasser und Wind
kostengünstig (!) produziert.
Und wofür Moleküle verantwortlich sind.

Sogar auf das älteste aller Rätsel
- das der Unsterblichkeit -
weißt Du eine Antwort:
Schließlich seiest Du ein Teil von mir
**und deshalb: Lebe ich in Dir fort.**
Und später noch in Deinem Kind...

Sprachlos denke ich noch,
wir müssen alle sterben,
und der Wind wird unsere Asche verwehn´
aber so **leben wir** vielleicht **doch -**
(schon) **ewig?**
Mein Gott, Du bist doch erst zehn!

# Heimat

Kein Ort.
Nur ein (vom Licht der Erinnerung gespiegeltes) Gefühl.

Foto: Dirk Sukow

(Halle an der dreckigen Saale. Eine alternde 1000jährige Diva - die ihr Image verzweifelt in der Vergangenheit sucht – und die Jugend ziehen lässt. **DIE Stadt mit der höchsten Abwanderungsrate in ganz Europa** (2001) und enormer Arbeitslosigkeit.
Eine Stadt, die (ver)endet... (?)

Doch im Untergrund dieses konfusen Ameisenhaufens herrscht *noch* immer reges Leben – auch geprägt durch Studenten und (Überlebens-) Künstler: Maler und Grafiker, Designer, Web-Freaks, Fotografen, Graffiti - Sprüher (sind das Künstler oder Schmierer?) - und jede Menge Musiker. Vom Rocker bis zum Hip-Hop(er)... Kultur im Untergrund? Gibt es offizielle und inoffizielle Kultur? Wer bestimmt eigentlich, was Kultur und was - nicht Kultur ist?

Seit 2002 ist Halle (Saale) Sitz der Bundeskulturstiftung - wofür DIE Stadt eigentlich auch nichts kann. Dank Günther Grass.
Was aber letztlich völlig egal ist, denn auch dadurch ändert sich (für DIE Stadt und deren Menschen) nichts. Gar nichts!

## Das Problem

Zu oft erwarte ich etwas
von ganz bestimmten Leuten -
was ich selbst auch geben würde.

Bin dann tief enttäuscht,
weil es nicht eintrifft -
und das ist meine Hürde:

So produziere ich den eigenen Misserfolg,
werde gnadenlos rasiert:
und kann mich trotzdem nicht
wie eine Schlange häuten.

Wer nichts erwartet,
dem auch nichts passiert?

Seien wir realistisch:
Versuchen wir das Unmögliche!

(Ché)

Meine Niederlage wird nicht bedeuten,
dass der Sieg unmöglich war.
Im Bemühen, den Gipfel des Mt. Everest
zu besteigen,
haben viele Niederlagen erlitten.
Schließlich wurde der Everest doch
bezwungen.

Ernesto Ché Guevara
(Argentinier, 1928-1967)

# Kulturverfall

Alle großen Kulturen,
egal ob die der
Ägypter und Azteken
Römer oder Griechen,
alle zerfielen.

An den gleichen Ursachen:
Fressen und saufen -
im Müßiggang siechen.
Und kriegerisches Raufen,
oder schöne Begattungsorgien.

**Kinder wollte keiner
mehr großziehen.
Und arbeiten sollten andere...**
Das hat die Natur nicht verziehen.

# Die tragische Nachricht

Da sind so viele Nachrichten,
mit oft verschiedenen Sichten.
Doch die EINE fehlt mit Beständigkeit,
im ewig bitteren Wein der Wahrheit:
**Noch immer sterben Kinder,**
in dieser Welt -
der ewigen Winter.

Fast **40.000,**
**Tag für Tag.**
Fehlt wirklich nur das verdammte Geld?
Es sind doch noch so kleine Menschen,
die sich nicht wehren
als Kind -
und DESHALB in dieser - unserer Welt -
**zum Tode verurteilt** sind.

Und dieses Problem kann man nicht klären?
**Soviel Rüstung,**
doch **kein Sturm der Entrüstung,**
nur mal ein lauer Wind.
Tagesthemen.
Ansonsten „Das Wetter"? Soll das alles sein?

Das geht in meinen Kopf niemals rein.
**Vom Menschsein**
scheinen wir
**noch Lichtjahre entfernt.**

„Man verkauft nicht die Erde, auf der die Menschen wandeln."[2]
Tashunka Witko (Crazy Horse, † 1877 ) von den Sioux

„Das Land wurde ohne Grenzen erschaffen,
und es steht den Weißen nicht zu, es zu teilen..."
Heinmot Tooyalaket (Chief Joseph, † 1904) von den Nez Percés

P.S. Die Sioux sind die Reichsten der Welt. Eigentlich. Sie würden sogar
Bill Gates finanziell ganz locker (!) hinter sich lassen. Doch **sie rühren
das Geld bis heute nicht an**, weil es defacto die Anerkennung eines
Vertrages von 1876 (Wegnahme der vorher  vertraglich zugesicherten
Black Hills) bedeuten würde.
Das Geld, das die amerikanische Regierung damals  auf ein Konto
eingezahlt hat + die Zinseszinsen lassen die Sioux heute zu den
Reichsten  der Reichen werden - obwohl sie in keiner  „Liste der
Bestverdienenden" je aufgetaucht sind. Sie verkaufen nicht, was allen
gehört und sie wollen mutmaßlich nichts auf Kosten anderer und ihrer
eigenen Zukunft – dazu gehören auch  nachfolgende Generationen -
„verdienen".
Ist das (menschlicher) Reichtum?
Der Preis: Verfolgung und Ausrottung durch Andersdenkende
(Europäer), unmenschliches und persönliches Leid....
Bis heute kein (Nobel-) Preis für Menschlichkeit, denn den gibt es (noch)
nicht.

---

[2] S.134

78

# Der Indianer

...verkauft das Land nicht.
So lebt er immer -
stolz und frei.

Welch ein Wahn – (Sinn):
Die Mutter Erde
zu parzellieren.
Die Welt ist
für alle da:
Ein Gewinn
an Menschlichkeit,
die wir verlieren.

Der Indianer
nimmt keinen Kredit
auf die Zukunft.
Lieber stirbt er -
seine Möglichkeit der Vernunft.

Eines Tages werden die Rothäute
kommen und sich zurückholen,
von den besitzgierigen Geld-Klonen:
Ein Land,
für uns alle -
werden wir vielleicht da
gemeinsam & glücklich wohnen?

(nach einer Anfangsidee von Peter Sodann,
alias Tatortkommissar Bruno Ehrlicher)

Skulptur „Stranger" (original 1,80 m)
Modell und Foto: Mario Wingert

# Der Tod

Ob ich schon die Hälfte
meines Lebens gelebt habe,
oder doch viel mehr,
interessiert mich nicht so sehr.
Obwohl ich manchmal heimlich daran denke.

Noch habe ich urbane Kräfte,
die ich lenke.
Und nur wenig Angst
vor diesem kommenden Aus:
Denn aus seinem Leben kommt
niemand
lebend raus.

# Emotionale Intelligenz (Mein Baby II)

Sie hat selbst kaum Geld -
aber kauft einem Obdachlosen
ab und zu - einen Döner.
**Sie möchte eine bessere Welt.**

Sie ist selbst nicht sorgenfrei -
aber lächelt oft und spendet Mut,
damit man entspannter sei!
**Sie möchte eine lachende Welt.**

Mut aus Verzweiflung.

Sie hat selbst kaum Zeit
aber dennoch hört sie im Nu,
den Kummer ihrer Freundinnen –
und redet gut zu.
**Sie möchte eine glücklichere Welt.**

Manchmal verlässt sie ihr Mut,
Depressionen und Wut.
Endloses Schweigen.
Und Tränen kullern über Ihr Gesicht,
ihre wahren Probleme wisst ihr nicht.

Hallo, ihr Freunde, wo seid ihr denn? Ja, auch du!
Wer kauft ihr ein Eis, wer bringt sie zum Lachen,
wer bricht das Schweigen und wer hört zu?
Hallo, ihr Freunde: Aufwachen!
Wartet ihr auf Ihren Anruf?
So wisset: Es kommt nicht dazu!

Wer Emotionen erlebt hat -
in seiner tiefen Vielfalt -
ist niemals kalt.
Und spürt **ungerufen** die Veränderung
eines Freundes –
diese eigensinnige Reagenz!

Experten nennen so was
auch „emotionale Intelligenz".

Es gibt nicht viele - so wie Sie.
Und wenige haben zuviel Geld.
**Deshalb diese beschissene Welt!**
Wir, nur wir könn(t)en das ändern.

## Verliebt sein III

Verliebt sein III

Wieso weiss man
immer
wann es anfängt -

aber nie,
wann es
wie –
endet?

# VI

## Aphorismen

Die Stärke des Irrtums und der Lüge liegt gerade
darin,
dass sie eben so klar sein können wie Wahrheiten;
weshalb auch das Falsche ebenso einleuchtend
sein mag,
wie das Richtige.

Ludwig Marcuse

## Momente

Alles Glück
passiert
nur für einem Moment -
um dann
weiterzuziehen?

## Schmaler Grat

Verschweigen
kann fast immer lügen -
aber nur selten weise sein.

Ersteres ist das Letzte.
Man bleibt, auch ohne es zu rügen:
Eine Halb-Waise.

## Feuer II

Wer leuchten will,
**muss brennen!**

# Tränen

Ur-plötzliches Auftauen
tiefgefrorener Gefühle:

Durch Sonnenschein -
oder Kälte.


## Wahrheit des Tages

Wahrheit ist auch
das viele tägliche Lügen –
die uns das Leben                    (= andere Wahrheiten?)
erst erträglich machen.


## Wandlung

Früher fand ich
den Sex
tiefer und bedeutender
als einen Kuss.

Heute –
ist es genau umgekehrt.

# Die Schlange

Sie häutet sich
und lässt zurück:

Eine vertrocknete Hülle.


# Ignoranz

Die einfachste Art
der „Nachbehandlung"
einer seelischen Wunde.

Ein eiterndes Geschwür.

## Verbitterung

**Verbitterung**

Vor kurzem noch Fellatio -
aber jetzt kriegt Sie den Mund
nicht mehr auf -

zum Grüssen...

Alles nur Emotio?

## Frauen 2001

Sie liegen nicht mehr
nur da...
oder oben.

Sie sind längst überlegen:
Im Sex und im Leben.

Wir Männer dürfen auch mal...

- überlegen.


## Der Unterschied

Du kannst (im Prinzip) jede Frau erobern,
es sei denn:
Sie ist (glücklich) verliebt
Oder -
Sie wurde (unglücklich) entliebt!

# Macho (2001)

Vergiss es.
Sie trifft die Entscheidung.
Sie ist nur so klug,
dich glauben zu lassen,
es wäre deine.

Foto: Katja Dohnke

# Das Geschlecht

Das Problem mit Männern ist -
das sie Männer sind! [3]

Wo Mann?

Wo man..?

Woman!

---

[3] S.134

s Problem
t Männern ist,
s sie Männer sind !

/o Mann?

Wo man . . .

   Woman !

## Wunsch

Ich möchte nicht nur
arbeiten müssen.
Sondern es können dürfen!

Und so ist es auch mit dem Küssen.


## Frieden?

Noch immer kann mir keiner
diesen Zustand
ohne dessen Gegenteil erklären:
den Krieg.

Heißt dass,
wenn wir Frieden haben -
herrscht woanders (notwendig?) Krieg?

# L(i)eben

Ein menschliches Leben ohne
den Buchstaben „i" ist weder zu schaffen,
noch ist es auf Dauer möglich.

## L(i)eben impliziert leben!

## Lösung

Das Komplizierte
ist oft so einfach.
Nur das macht die Lösung
von Einfachem
so kompliziert!

Foto: Heike Jänichen

# VII

Die Forderung,
die Illusionen über seinen Zustand aufzugeben,
ist die Forderung,
einen Zustand aufzugeben,
der der Illusion bedarf.

Karl Marx (als 25-Jähriger)

Foto: Juliane Lecke

## Augenblick

Alles dauert nur einen
Augenblick:
**Trauer**.
**Sehnsucht**.
Schmerz.
Flucht.
**Liebe** -
oder was auch immer.


Doch  -
ob DIESER Augenblick
Sekunden,
Tage,
Wochen
oder Jahre
dauern wird,
hängt auch von dir
selbst ab.

## Aber nicht nur!

# Vollmond (II)

Er ist unser Satellit.
Telepathie der Gedanken –
Selbst über viele Kilometer.

Wir brauchen kein Handy (mehr).
Wir (miss-) verstehen uns.
Magisch.

...

# C C.

Plötzlich und unerwartet
sitzt sie vor mir -
in einem Straßencafé:
Livehaftig.
Das „Covergirl" C. von Seite eins.

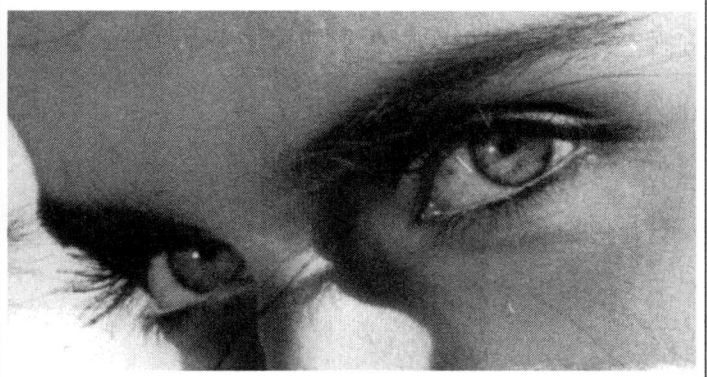

Fixierende Blicke bohren sich
auf direktem Weg ins Gehirn -
vorbei an denkenden Blockaden.
Meint sie wirklich mich?

Knisternde Erotik
& viel zu kurze Nächte.
Leidenschaften - in geheimnisvollen Welten.

Plötzlich und unerwartet
sitzt sie
wieder vor mir:
Lifehaftig:

Eigentlich meinte sie nicht mich,
sondern irgendeinen (richtigen?) Helden...

## Seelischer Sex

Austausch ohne Flüssigkeiten,
dennoch fischhaftes & gleitendes Bewegen:
Das Eintauchen in Probleme dieser Welten -
in innere und äußere - die sich nie legen.
Seelischer Sex.
Sehr selten.

Und im Tiefenrausch
schwinden die Sinne
Alles verschwimmt,
alles wird eins.

Aufgetaucht an der Oberfläche,
japsendes Schnappen nach Luft.
Zurück aus diesen Welten,
bleibt dieser (un)bekannte Duft:
Seelischer Orgasmus.
Viel zu selten.

Und im Höhenrausch
kommen die Sinne
und auch der Schrei:
Alles ist klar,
es ist - was es ist.

Das Grübeln oder die Zigarette danach.

## Uferlos II

Unendliche Weite,
Unendliche Ferne,
Unendliche Sehnsucht,
schäumendes Meer.

Unendliche Träume,
Unendliche Sterne.
Unendliche Flucht,
schäumendes Meer.

Unendliche Sorgen.
Unendlicher Horizont.
Unendliches Warten auf Morgen.
Schäumendes Meer.

## Urlaubserinnerung    (Piran / Slowenien)

Enge Gassen,
läutende Glocken,
weites, blaues Meer.
Und Du, nur Du, mein Nymphchen,
ich liebe dich sehr.

Dann dieser Geruch von Katzen.
Und wenn Du einkaufst,
ohne Strümpfchen,
drehen sich alle Männer nach Dir um.
Vorsicht, denen hau ich auf die Tatzen!

Frühstück mit Honigmelonen,
abends Tintenfische und viel Wein -
immer mit meinem Nymphchen.
Und bei Sternenhimmel an der alten Festung klonen,
ja - dort müsste noch Dein Höschen sein!

Sonnen in der steinernen Bratpfanne
und Du, nur Du, mein Nymphchen -
Joint meiner Seele,
Feuer meiner Lenden.

Die Liebe fließt wie aus einer Kanne
und mit meinen Händen
streichele ich Dich ins zweite Himmelreich.

Ein mittelalterlicher Platz,
und Deine Haut ist glatt und weich.
Zeit verrinnt
mit klassischer Musik
und den „Fugees":
„**Ready or not?**" –
Ein Frühling der Seele beginnt.

Da ist noch ein kleiner Segelhafen am Meer
und so wollen wir nie, nie mehr
nach Hause zurück:
Nur noch WIR und nochmals wir, mein Nymphchen,
lieben wir uns vielleicht zu sehr?

Und über dein zufriedenes Gesicht
kullern plötzlich dicke Tränen - voller Glück,
aber auch aus Angst:
Bleibt dieses Gefühl, oder bleibt es nicht?

## Das Besondere

Was ich nur an IHR gefunden hätte?
Sie hat etwas bewahrt,
an keiner bestimmten Stätte,
was bei vielen
längst verloren ist:
Das Geheimnis der totalen Unschuld.

Und dennoch war die Waffe
ihrer exzessiven Leidenschaft scharf geladen.
Obwohl verwundet,
werde ich damit nicht dealen,
ich will es nie verraten!

# Wirklichkeit?

Wahrscheinlich gibt es so viele Wirklichkeiten,
wie Lebewesen existieren.
Von der Amöbe bis zum Menschen
und anderen Tieren,
alle konstruieren
IHRE eigene Wirklichkeit.
Um zu überleben.

Nun sprechen wir die gleiche Sprache
und reden dennoch oft aneinander vorbei.
Vielleicht, weil Du und ich,
und jeder für sich -
eine andere Wirklichkeit programmiert?
Doch dieses Licht
der Erkenntnis ist für Dich
einfach nicht zu sehen. Es scheint zu konstruiert.

Bedeutet diese Sicht,
dass unsere Liebe
nicht ewig bliebe?

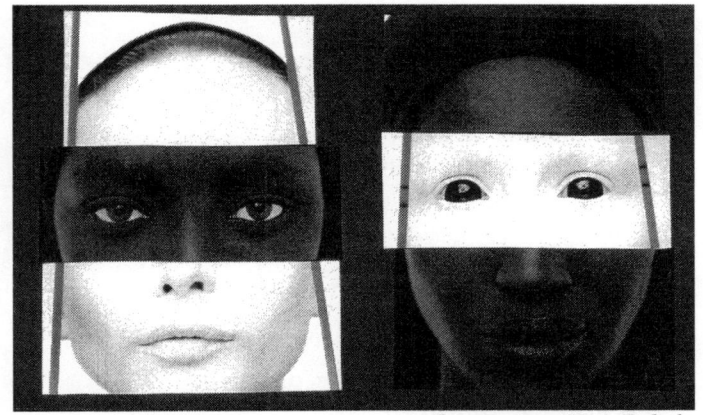

Fotomontage: Katja Dohnke

# Erfahrung

Du sagst mir,
**Sie hätte** dich verlassen
um doch mit einem Anderen zu gehen.
Aber mit noch mehr Erfahrungen
hättest du **vieles anders gesehen**....


Und stockend erzähle ich dir:
Trotz der vielen Erfahrungen
habe ich wieder verloren
bei dieser jungen blonden Frau.
Meine Erfahrungen?
Sie sind verweht -
im heißen Wüsten-Wind...
und sind dann bei ihr erfroren.


Denn mit zwanzig
weiß man alle Antworten
Mit dreißig
fast schon alle Fragen
und mit Fünfunddreißig wird dir klar,
dass du gar nichts weißt...
auch das scheint wahr.

# Wie geht`s?

Neulich, bei einer spontanen Begegnung, hat mich so eine Führungskraft (klingt schon mal bedeutender als „Chefchen") urplötzlich direkt gefragt: „Na, wie geht`s?". Blitzschnell überlegte ich: Soll ich jetzt von meinen tollen Erlebnissen erzählen oder lieber von den angestauten Problemen, die mir Kopfschmerzen bereiten?

Oder sollte ich so tun, als ob es beides gar nicht gibt? Und vielleicht einfach mit den nichtssagenden Floskeln antworten: „Es geht" oder „Es geht mir gut"?

Außerdem: Ob ihn das überhaupt interessiert?

Während ich noch immer über die Form meines Mitteilungsbedürfnisses sinnierte, stellte ich erstaunt fest: DER ist längst den langen Flur weitergegangen.

Typischer West-Arsch... (?)

Plötzlich überfielen mich Selbstzweifel: Habe ich zulange überlegt (obwohl es doch nur Bruchteile von Sekunden waren), oder wollte mein „Chefchen" (vielleicht) gar nicht wissen, wie es mir geht?

Wollte er nur etwas sagen, weil wir uns zufällig auf dem Flur begegnet sind – und nicht ausweichen konnten? Und wieso hatte ich Trottel diese Floskel überhaupt ernst genommen?

Viele Fragen, doch keine Antworten.

Am Abend fragte mich mein Sohn: „Na Papa, wie war´s auf Arbeit?" Als ich endlich was sagen wollte, lag der längst im Bett, noch immer wach. Doch er erhielt keine Antwort – und stellte auch keine Fragen mehr...

\* \* \*

Zeichnung: Konstanze Wittig

# Wunder

Hehe, ein Wunder,
ein Wunder ist gescheh´n:
Blumen blühen –

in meiner (!) Wohnung
Und keine(r)  hat´s geseh´n.

Selbst Pflanzen -
kürzlich noch vertrocknet oder ersoffen
wachsen wieder - und lassen hoffen.

Ein Wunder.

Foto: Sylvia Peuker

Gemeinsames Lachen –
keine Apotheke verfügt über diese Medizin...

# Freund(e)

Erlebnisse, Spaß und beißende Kritik.
Aber noch mehr:

Wegweiser
in der Brandung.

Leuchtturm
in der dunklen Nacht.

Sturm
in der Flaute -
Manchmal etwas überzogen.

Sonnenschein
bei Gewitter:
welch schöner Regenbogen!

## Armer Macho

Die Sonne brennt so schön,
und wir drei
liegen nackt am Heidesee,
weit und breit kein Fön.

Hoffentlich geht das nie vorbei:
Links neben mir
die langhaarig blonde Schönheit,
eine richtige gute Fee,
um die mich beneidet- ganz Halle?
Sie liebt mich
das wissen alle.

Doch da
rutscht langsam
viel zu nah heran:
die hübsche Schwarze,
- Modell Indianerin -  ganz zahm.
Sie flüstert,
dass sie mich auch mal lieben würde,
wenn da nicht wäre -
diese blonde Hürde.

Und im Wasser fasse ich einfach beide an,
sie lassen es gescheh`n.
Und ihre verwunderten Augen –
Niemand hat`s geseh`n!

Später habe ich es mit der Schwarzhaarigen
nur (zweimal) getrieben
und DAS ehrlich erzählt:
Doch von der Liebe ist
- mangels Toleranz -
einfach nichts geblieben.

Aber ich denke noch heute
an dieses Entzücken:
Sie cremt mir den Bauch -
und die andere den Rücken...

Einen dicken
Gutenmorgenkutsch
von mir

# Fata M(o(h)r)gana?

Von weitem höre ich leise
den unverwechselbaren
Sound deiner Stimme -
in diesem unbekannten Raum:
„Na, wenigstens `ne schöne Nacht gehabt?"

Wo bist du -
an diesem Morgen?
Ich kann dich nicht sehen...
täuschen mich die Sinne?
Bin ich überhaupt noch Dein?
Muss ich mich sorgen -
oder war es nur der Wein?

Plötzlich klopft es.
„Hallo?"
Ich sause
an die Tür. Niemand da.
Es klopft wieder -
an meiner Schädeldecke:
„Irgendeiner zu Hause?"

Ich denke - wirklich
& träume... - das ist doch auch wirklich!
Und dennoch stimmt beides nicht
mit der Wirklichkeit überein.
Eigenartige Sicht...
Bin ich wach,
träume ich Dich,
oder schlafwandle ich?
**Was ist (un)wirklich?**

## Selbstbetrug[4]

Gib einer Rose
Wärme und Wasser.
Gaukle ihr so einen zauberhaften Sommer.
Blühen wird sie,
duften –
und zu Grunde gehen.

Vielleicht ist es ehrlicher
Eine Rose gleich vertrocknen zu lassen.
Und ihr keinen Sommer vorzulügen.

Denn dann bestimmst du
die Dauer deiner Freude
an ihr!

---

[4] S.134

# Weisheit?

Wahrscheinlich kommt es gar **nicht** so sehr darauf an,
**WAS** man **WIE** sagt, egal **WANN**.
Schreiend, leise oder still.

Sondern viel mehr,
*WIE* es der andere versteht,
verstehen kann –
und auch „wirklich" will.

# Ertrinkend

Du kannst keinem Ertrinkenden helfen –
ohne Ausbildung.
Er wird sich an dich klammern
und dich in die Tiefe reißen.
Erbarmungslos.
Du kannst dich nicht befreien.
**Schwimm lieber mit Abstand weiter.**

Auch ein Wort von dir
ist nur ein Strohalm.
Sofort verbogen
und nicht wirklich helfend.
Besser ruhiges Einreden, dass Hilfe kommt.
**Schwimm lieber weiter.**

*Vielleicht* wird er Dich schwimmen lassen,
und er wird dich deshalb nicht hassen.
Weil er trotz der Riesen-Angst weiß,
das es sonst beide nicht schaffen.
**Schwimm weiter.**

Möglicherweise erreicht er doch
den rettenden Uferstrand.
Dann reich deine Hand,
verschaff ihm Luft durch Küssen –
**wenn du noch kannst.**

„Du bist ein Lügner!!!!
Ich werde nicht untergehen, wenn
Du ihn rausziehst..."

(unbekannt)

## Sandkasten

„Eins zwei drei vier, Eckstein,
alle sollen versteckt sein..." (*Kinderreim*)

Na, Schnattchen
Soll ich dich noch suchen ?
So werde ich dich finden.
Sogar als Krümel im Kuchen!

still waiting.
still.
ill.

# Fehlende Wissenschaft

Es gibt so viele Wissenschaften,
die sich mit vielen
Gegenständen beschäftigen
und sie verwalten.

Aber keine,
die sich uns selbst -
und der Liebe widmet.
Was kann uns davon noch abhalten?

Als Trostpflaster
muss die Medizin oder die Psychologie
herhalten –
um dann akribisch über uns zu wachen:
Zum Reparieren der Wirkungen.

Aber wer findet (endlich) die Ursachen?

# Die Maske

Fast alle verbergen
zu oft ihr Gesicht
hinter einem anderen -
eine zur Schau gestellte Maske:

Das (stolze) Schutzschild der verletzlichen Seele?

Sie reden anders, als sie denken,
und sagen nicht, was sie wirklich meinen.
Sie handeln und verrenken
sich
und können sogar plötzlich weinen -
alles nur für die (un-)erwünschte Wirkung.


Wir sehen diese Maske fast nie –
auch sie verbirgt sich im Gesicht.

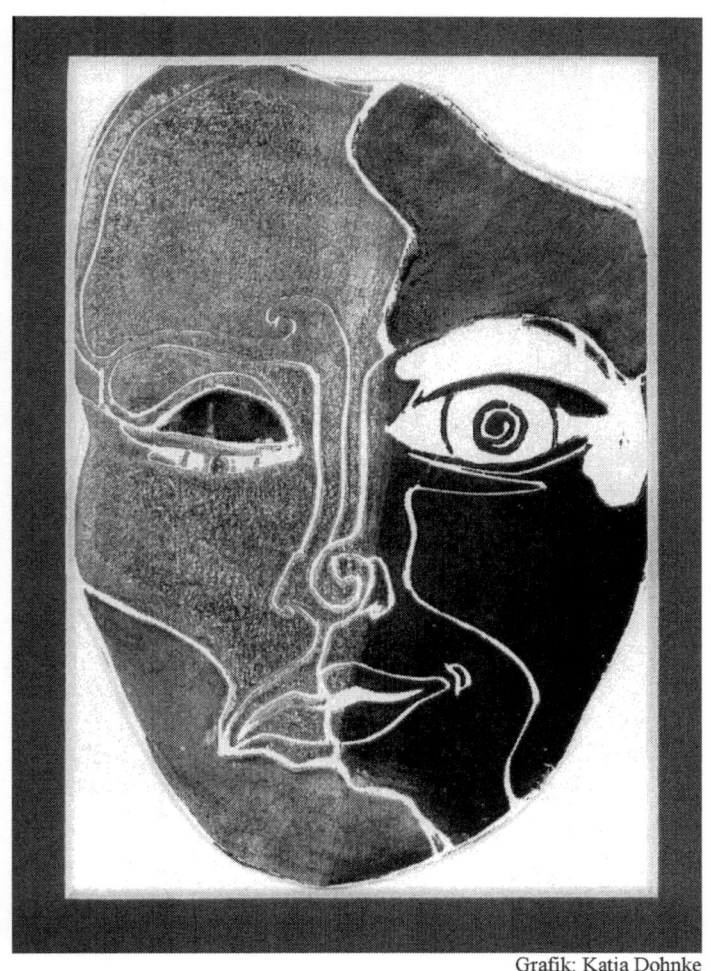

Grafik: Katja Dohnke

## Feuer III

Und wenn sie heute manchmal
traurig in die Gluten der Erinnerung bläst,
wirbelt nur noch Asche auf,
und brennt –
in ihren Augen.

Denn von der Glut des Feuers
blieb nur die Asche.
Und die Enttäuschungen.

Und die Handlungen -
von denen sie manchmal glaubten (?),
sie zu verstehen.

# Nachwort

schrieb mal ein 20jähriges Mädchen. Verzweifelt und dennoch hoffend. Aber auch mit dem großartigen Verdacht, es könnte alles ganz anders sein. Sich selbst infrage zu stellen, wer macht das schon noch - in unserer Zeit? Du? Ich? Wir? Vielleicht nur dann, wenn man allein vorm Spiegel steht...

Wir leben in einer Gesellschaft, die offenbar nur noch durch Erfolg oder Misserfolg geprägt ist. Und das Ergebnis *scheinen* andere festzulegen. Um mögliche Selbstzweifel oder auch Misserfolge nicht sichtbar werden zu lassen, benötigen wir eine Maske... und fast alle scheinen sie (erfolgreich) zu tragen.

Hatten wir Erfolg (womit auch immer), dann scheint eben alles richtig gewesen zu sein. Außerdem soll Erfolg auch noch sexy sein... Sagt man. Hört man. Sieht man. Für viele besteht Erfolg auch einfach darin, mehr Geld zu verdienen als andere. Bloß – dann sind rund 98 % erfolglos...

Bei einem Misserfolg war natürlich alles falsch. Eine ziemlich einfache Logik. Oder eher eine (ir-)rationale Vernunft, die durch unsere Erfahrung geprägt ist? Könnte nicht nächstes Jahr schon alles anders sein? Egal ob im Job oder in der Liebe? War dann alles „falsch", was vorher „richtig" wa(h)r? Wie mag das dann erst in naher Zukunft - in 10 oder 20 Jahren aussehen?

„Was ist wahr?" - ein Problem, dass solange existiert, wie es Menschen gibt: Schon Pontius Pilatus fragte, „Was ist Wahrheit?". Jahrtausende später erwiderte Bert Brecht, beeinflusst von den Philosophien von Hegel und Marx, die Wahrheit sei konkret. Nun, die Wahrheit scheint zumindest ein schwieriges Geschäft zu sein. Linguistische Semantiker und Philosophen neigen dazu, dass die Wahrheit etwas zu tun hat mit der Übereinstimmung mit der Wirklichkeit. Wobei man hinterher darüber streiten könnte, was die Wirklichkeit ist. Die wesentlichen Theorien dazu sind die Korrespondenztheorien (ein Satz stimmt mit etwas überein – z. B. der Wirklichkeit), die Konsistenztheorien (eine Menge von Sätzen stimmt untereinander überein und führt nicht zu Widersprüchen) und die Konsensustheorien (wahr ist etwas, worüber man sich einig werden kann). In diesem Zusammenhang meint der dänische Germanist Hartmut Haberland, dass alle Wahrheitstheorien relational sind, „d.h. sie teilen nicht einfach die

Menge der Behauptungen in wahre und falsche ein, sondern sie **erklären eine Behauptung als wahr oder falsch** - in Bezug auf ein sogenanntes Modell (Korrespondenztheorien), - in Bezug auf andere Behauptungen (Konsistenztheorien) - oder für eine Gruppe von Beobachtern (Konsensustheorien) ... im Übrigen behauptet Wolfgang Hildesheimer (...ich glaube in seinem Roman Tynset), daß die Wirklichkeit von Meister Ekkehardt erfunden wurde, der einmal – Hildesheimer weiß sogar wo – vor einer Kanne Wein saß und einen lateinischen Text ins Deutsche übertrug, der das Wort *actualitas* enthielt. Dafür gab es keinen deutschen Terminus, und der gute Meister erfand dafür das Wort *Wirklichkeit.*"[5]

Das die Suche nach der Wahrheit eine Entfremdung sei, davon ist der chilenische Neurobiologe und Philosoph Humberto R. Maturana überzeugt, denn sie sei: „eine Suche nach dem Absolutem, eine Sehnsucht nach einer festen und stabilen Welt, in der all unsere Wünsche befriedigt wären"[6], und deshalb in unserer Biologie liegen würde.

Er begründet dies unter anderem so: „...Da wir aber Lebewesen mit Sprache sind, erzeugen wir Beschreibungen unserer Handlungen, nach denen wir diese Handlungen betrachten, wir tun dies in rekursiver Weise und erzeugen so durch unsere Biologie schließlich auch unsere (jeweilige) Rationalität." Maturana schlussfolgert daraus, dass Menschen stabile „konsensuelle Systeme" erfinden, um diese als absolute Wahrheiten auszugeben.

„...Dies ist die stärkste Art der Entfremdung: unsere Blindheit gegenüber der Welt *relativer* Wahrheiten, die wir *selbst erzeugen* und für die daher der Mensch allein den absoluten Bezugspunkt darstellt, und unsere Hingabe an eine Ideologie, die diese unsere Blindheit rechtfertigt... Das menschliche Bedürfnis nach gegenseitigen Respekt und Vertrauen ist nicht auf eine Ideologie gegründet, die sich aus einem System angeblich absoluter Werte ergibt. **Dieses Bedürfnis ist ein biologisches Bedürfnis**, das für die menschliche Situation konstitutiv ist und befriedigt werden muß, wenn der Mensch Mensch bleiben soll:

---

[5] S. 134
[6] S. 134

es ist die einzig legitime Quelle jeder Ethik und gleichzeitig deren invariante Bezugsgröße. Wir sollten uns nicht selbst täuschen: es gibt keinen anderen Maßstab für das Wohlergehen des Menschen als den Menschen, wenn wir menschliches Wohlergehen wünschen. **Die Vernunft braucht eine irrationale Basis in der Erfahrung.** Könnten wir dies akzeptieren, dann würden wir vielleicht auch die Verantwortung für all das Gute und Böse auf uns nehmen, das wir uns selbst und den Menschen zufügen, ohne nach trügerischen transzendentalen Werten zu suchen, um unsere Blindheit zu rechtfertigen... "[7]

**Davon scheinen wir noch weit entfernt zu sein, oder um im Bild zu bleiben – noch zu blind.** Mancher persönlicher Konflikt (als zwischenmenschliches Problem und Phänomen) bliebe uns so möglicherweise erspart.

Doch schon in naher Zukunft wird es sogar regelrecht überlebenswichtig werden, ob wir Menschen uns auch als Gattung Mensch begreifen könn(t)en: So wissen wir (beispielsweise) seit den 80igern, dass es in einem möglichen Atomkrieg weder Sieger noch Besiegte geben würde. Alles menschliche Leben wäre ausgelöscht, die Erde für lange Zeit nicht bewohnbar. Für alle Naiven: Da hilft auch kein Bunker – bei Verstrahlungs-Halbwertzeiten von einigen Tausend Jahren.

**Es gibt also Erfahrungen, die wir nicht erst machen müssen, um unsere Handlungen zu korrigieren – durch kognitive Einsichten.** (Es springt keiner vom Hochhaus, nur um herauszufinden, dass er dann tot sein könnte.) „Denn sie wissen nicht was sie tun", schrieb dieses 20jährige Mädchen. Kann das überhaupt jemand wirklich wissen? Auch Kriege lösen keine Probleme, sondern kosten viel: Geld und Menschenleben. Warum gibt es dann noch immer „konventionelle" Kriege („im Namen des Friedens"– welche Ironie) und so viel menschliches Leid, Hunger und Elend? Vielleicht, weil ein Teil dieser Menschen in wahnwitziger Weise glaubt, überleben zu können. (Bunkermentalität?)

**Menschen sind** bislang **auch menschenverachtend**, geprägt vom anerzogenen (?) Egoismus. Unser geistiger Horizont scheint nur das „ICH" zuzulassen. Und andere Menschen nur, insofern sie

---

[7] S.134

das eigene ICH oder die eigene Politik unterstützen. Das mag in der Entwicklung der Familie (Clans) und der Arbeitsteilung auch mal seinen historischen Sinn gehabt haben. Paradoxerweise zeigt gerade dass Beispiel der Familie, wie Liebe zwischen Menschen möglich sein kann – und zugleich auch nicht. *An dieser Stelle dürfen alle* (Pseudo-) *Psychologen mal den Kopf einschalten*: Es reicht nicht mehr, dass ein Einzelner Verantwortung für sich selbst übernimmt – solange Menschen keine Verantwortung auch für andere Menschen übernehmen. Das geht weit über die Familie hinaus. Mal abgesehen davon: Soll ein Kind, dass im Ghetto oder Flüchtlingslager geboren wurde, für sich selbst die Verantwortung übernehmen, wo es lebt und unter welchen Bedingungen es aufwächst? Oder noch extremer: Kann es Verantwortung für sich selbst übernehmen, wenn eine Bombe (im „Namen des Friedens" oder des „Anti-Terror-Einsatzes") seine Eltern getötet hat?

**Auge um Auge, Zahn um Zahn? Das würde zumindest die Blindheit und Sprachlosigkeit begründen.** Daran kranken eben auch fast alle (Psychologen): Sie können (vielleicht) Probleme des Einzelnen finden, aber nicht die von großen Gruppen von Menschen. Von Lösungen ganz zu schweigen. **Sie sehen zwar den Baum oder kleine Baumgruppen – aber nicht den Wald in seiner Komplexität. Erst recht nicht unseren blauen Planeten.** Inzwischen gibt es derartig globale und komplexe Probleme (wie Ozonloch, Abholzung der Regenwälder, Überbevölkerung, Armut u.v.m.), dass deren Lösungen nur noch gemeinsam und durch alle (durch die Gattung Mensch) möglich sein werden.

Und **darin liegt auch die bittere Ironie unserer Geschichte**: Wir (im „Westen") können gut damit leben, dass es „woanders" Krieg und Hunger gibt. Sogar damit, dass unser Nachbar arbeitslos ist. Das alles betrifft uns nicht wirklich. Uns scheinen nur die eigenen Probleme zu beschäftigen - was natürlich auch seine Berechtigung hat. Aber unsere mit Wissen erworbene Ohnmacht – als Einzelner nichts (entscheidend) ändern zu können und der Umstand, dass wir nur eine biologisch begrenzte Zeit haben zu leben (rund 80 Jahre, die wir selbst gut „ausleben" wollen) – schließt diese tragische Ironie unserer eigenen Geschichte mit ein. Nach uns die Sintflut? Arme Generationen der Zukunft! Und die Zukunft kommt nicht „früh genug", sie hat längst angefangen! **Wir werden** (als Gattung Mensch) – egal ob im „Westen", „Norden", „Süden" oder im „Osten" – **so nicht** überleben. Wir brauchen ein zukünftiges „Denken und Handeln für alle Menschen". Kann man das begreifen? Genau darin liegt das Makabre (und der **Sinn?**) dieser neuen Qualität: **Muss unser aller L(i)eben erst akut bedroht sein, um uns und „etwas" generell zu ändern?** Zumindest liegt darin eine Chance. Anderseits können wir bislang mit „Wissen" gar nicht umgehen. Es wird oft nur gegen andere eingesetzt (das fängt schon in der Schule an - und hört im Beruf, Betrieb und Alltag nicht auf). Angeblich kann nur Einer der Beste sein. Wirklich? Ein Sieger und viele Verlierer – wie im Sport? Dann lieber Fußball - da gibt es mindestens 11 Gewinner... Letztlich brauchen wir **neue Reformationen**: Die des Wissens, der Religion(en) und des gemeinsamen menschlichen Handelns. **Für uns alle.**

Das setzt eine Veränderung der Wahrnehmung und Problemsichten voraus. Um das Ganze sehen zu können, benötigen wir *auch* die Sicht des Details (den Ast, das Blatt, den Luftstrom, die uns umgebenden Menschen, das Erlebte, die Sicht in unser Innerstes usw. - *oder brauchen wir dazu erst wieder die Medizinmänner und Schamanen?*) Leider beschäftigt sich die Wissenschaft nur noch mit dem Detail – irgendwie fehlt die Rückkopplung zum Ganzen und eine Vernetzung aller Wissenschaften. Eine Aufgabe, die sich die Philosophie („Liebe zur Weisheit") einst stellte und an der sie – bislang – verendete!

Man könnte das Ganze völlig neu sehen, es kann eine andere (und tiefere) Form des Begreifens sein. Zumindest *das* haben uns *auch* die Künstler voraus. Der Doors- Leadsänger Jim Morrison forderte in seinem song "break on trough" (to the other side) tiefsinnig dazu auf, Grenzen zu überschreiten. Um Grenzen überschreiten zu können, müss(t)en wir alte Verhaltensmuster aufbrechen. Kurzum – es geht auch um eine Neubewertung der Dialektik Einzelnes, Besonderes und Allgemeines. Es geht um uns Menschen.

Aber - **können wir** *überhaupt unser Leben (für den Einzelnen und für alle Menschen) lebenswerter gestalten?* Liegt das auch in unserer Biologie? Wie und wann wird Liebe für mehr als 6 x 2 Menschen möglich?

Zur Erinnerung: L(i)eben impliziert leben... Aber noch immer töten Menschen andere Menschen. Körperlich. Seelisch. Impliziter (Wahn-) Sinn? Begreifst du diese Welt? Fragen über Fragen, doch keine Antworten.

*** The END ? ***

---------------------------------------Quellen:---------------------------------------

1 Ophelia - Figur von Shakespeare, Geliebte von Hamlet.
Eigentlich aus der griechischen Mythologie - die Frau, die in die Fluten steigt - um
zu sterben. Denn Hamlet konnte und wollte sich nicht konsequent für sie
entscheiden. Und Ophelia wollte keine Kinder gebären, die eines Tages in den
Krieg ziehen und dabei getötet würden.
Die „Figur Ophelia" wurde auch von dem ostdeutschen Dramatiker Heiner Müller
„aufgegriffen" und von Nick Cave in einem Video verwendet - auch als Symbol
für ein Leiden aus Liebe...
2 Dee Brown, Begrabt mein Herz an der Biegung des Flusses, Verlag Neues
Leben, Berlin 1976, S. 270
3 Charles Bukowski „Das Problem mit Frauen ist, dass sie Frauen sind."
4 Eine abgewandelte, aber neue Form des Kahlau - Gedichtes „Probe". Der
ostdeutsche Dichter Jurek Becker schrieb 1971 in einem Vorwort für den
Gedichtband „Du", dass er den Eindruck habe, Kahlau´s Gedichte seien nicht
abgeschlossen. „Du magst über noch so wenig Ehrgeiz verfügen, irgendwann spürst
du den Stachel doch und legst Hand an, die Proportionen zu deinen Gunsten zu
verändern." ... dito! In: Heinz Kahlau. „Du", Aufbau Verlag, S.2, 2001
5 Hartmut Haberland, Professor an der RUC (Roskilde University Center),
Dänemark, in Korrespondenz mit dem Autor
6 und 7 Humberto R. Maturana in: Erkennen: Die Organisation und Verkörperung
von Wirklichkeit, Friedr. Vieweg & Sohn, Braunschweig/ Wiesbaden, 2. Auflage
1985 / Maturana, - Neurophysiologe und Biologe, dessen Erkenntnistheorie ich mal
als „biologische Philosophie" bezeichnen möchte.

## Verzeichnis der Grafiken/ Zeichnungen

| Dohnke, Katja | (S. 52, 54, 118, 124, 127) |
| Wingert, Mario | (S. 25, 33) |
| Wingert, Nico | (S. 93) |
| Wittig, Konstanze | (S. 46, 58, 112) |

## Verzeichnis der Fotografen (alphabetisch)

| Becker, Oliver | (S. 70) |
| Dohnke, Katja | (S. 8, 20, 40, 91, 109) |
| Dohnke, Rainer | (S. 22, 123) |
| Heyner, C. (privat) | (S. 101) |
| Gambarini, Maurizio | (S. 64) |
| Lecke, Juliane | (S. 98) |
| Lohse, Christian | (S. 44) |
| Peuker, Sylvia | (S. 114) |
| Jänichen, Heike | (S. 96) |
| Schönberger, Sabine | (Titelfoto, S.12, 51; Rückseite) |
| Sukow, Dirk | (S. 18, 64, 72) |
| Tricontinental, La Habana | (S. 74, 75, 78 - Repros) |
| Wangemann, Uta | (S. 106) |
| Wingert, Mario | (S. 57, 80) |
| Wingert, Nico | (S. 5 Repro; 93, 117) |

# Inhaltsverzeichnis

| | |
|---|---|
| Imaginäre Romanze | 6 |
| Träume | 7 |
| Verliebt sein | 9 |
| Der geheimnisvolle Kuss | 10 |
| Frühlingsmorgen | 11 |
| Ewige Hoffnung | 12 |
| Vollmond | 13 |
| Mein Baby (meins?) | 14/15 |
| Marihuana | 16/17 |
| Planet „80c" | 21 |
| Spiegelbild | 22 |
| Blonde Venus | 23 |
| Seele | 24 |
| Junge Frau | 26 |
| Das Auge der Seele (Osiris) | 27 |
| Verliebt sein II | 28 |
| Das Feuer | 29 |
| Segeln | 30/31 |
| Tiefe Liebe | 32 |
| Rauchzeichen | 34 |
| Krankheit | 35 |
| Selbstkritik | 36 |
| W(orte) | 38/39 |
| Uferlos | 41 |
| Die Achterbahn | 42/43 |
| Liebeskummer | 45 |
| Depression | 46 |
| Der Medizinmann | 47 |
| M(R)elationen | 48 |
| Wahrheit | 49 |
| Sehnsucht | 50 |
| Monsieur | 52/53 |
| Ophelia | 55 |
| Erinnerungslücke | 59 |
| Kindheit | 60 |
| Alpha | 61 |
| Mathe-Unterricht? | 62 |
| Tonbandprinzip | 63 |
| Da Da eR | 65 |
| Scheidung | 66/67 |
| Endstation Zukunft? | 69 |
| Mein Sohn | 71 |

| | |
|---|---|
| Heimat | 72 |
| Das Problem | 73 |
| Kulturverfall | 76 |
| Die tragische Nachricht | 77 |
| Indianer | 79 |
| Der Tod | 81 |
| Emotionale Intelligenz | 82/83 |
| Verliebt sein III | 84 |
| VI Aphorismen | 85 |
| Momente/Schmaler Grat/ Feuer II | 86 |
| Tränen/ Wandlung/Wahrheit d.T. | 87 |
| Die Schlange /Ignoranz | 88 |
| Verbitterung | 89 |
| Frauen 2001 / Der Unterschied | 90 |
| Macho 2001 | 91 |
| Das Geschlecht | 92 |
| Wunsch /Frieden | 94 |
| L(i)eben / Lösung | 95 |
| Augenblick | 99 |
| Vollmond (II) | 100 |
| CC. (Covergirl Conchita) | 101 |
| Seelischer Sex | 102 |
| Uferlos (II) | 103 |
| Urlaubserinnerung (Piran) | 104/105 |
| Das Besondere | 107 |
| Wirklichkeit | 108 |
| Erfahrung | 110 |
| Wie geht`s? | 111 |
| Wunder | 113 |
| Freunde | 115 |
| Armer Macho | 116/117 |
| Fata Morgana | 119 |
| Selbstbetrug | 120 |
| Weisheit | 121 |
| Ertrinkende | 122 |
| Sandkasten | 124 |
| Fehlende Wissenschaft | 125 |
| Die Maske | 126 |
| Feuer III | 128 |
| Nachwort | 129- 133 |
| Verzeichnis der Fotografen/Grafiker | 134 |
| Inhaltsverzeichnis | 134 –136 |